Les MÉLODI

Patrouille
de secours!

adapté par Catherine Lukas
basé sur le scénario
de McPaul Smith
illustré par The Artifact Group

© 2007 Viacom International Inc.
Les Mélodilous et tous les titres, logos et personnages
sont des marques déposées de Viacom International Inc.
NELVANA^MC Nelvana Limited. CORUS^MC Corus Entertainment Inc.
Tous droits réservés.

Paru sous le titre original : *Rescue Patrol*

Publié par PRESSES AVENTURE, une division de
LES PUBLICATIONS MODUS VIVENDI INC.
55, rue Jean-Talon Ouest, 2ᵉ étage
Montréal (Québec)
Canada H2R 2W8

Dépot légal - Bibliothèque et Archives nationales du Québec, 2007
Dépot légal - Bibliothèque et Archives Canada, 2007

Traduit et adapté de l'anglais par : Catherine Girard-Audet

ISBN 13 : 978-2-89543-680-5

Nous reconnaissons l'aide financière du gouvernement
du Canada par l'entremise du Programme d'aide au développement
de l'industrie de l'édition (PADIÉ) pour nos activités d'édition.

Gouvernement du Québec — Programme de crédit d'impôt
pour l'édition de livres — Gestion SODEC

« Nous sommes des policiers montés en service ! Nous avons un travail important à accomplir », dit .

THÉO

« Nous protégeons un »,

FORT

dit .

PABLO

« Une grosse  se trouve

BOULE DE NEIGE

à l'intérieur du 🏰 », dit 🐗 .

FORT   THÉO

« En effet, dit  PABLO , nous devons

protéger notre BOULE DE NEIGE contre les

cambrioleurs de BOULES DE NEIGE . »

« Nous sommes des patrouilleuses de  ! Nous avons un travail

SKI

important à accomplir ! » dit .

VICTORIA

« En effet, dit , nous sauvons
TASHA

les gens qui sont coincés dans

la . »
NEIGE

« Miam ! Ce  chaud sent

CHOCOLAT

vraiment bon », dit VICTORIA .

« Nous gardons le 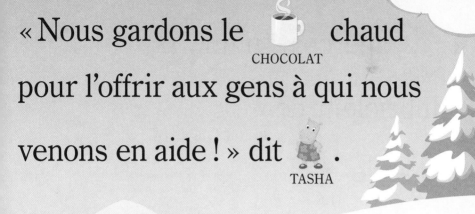 chaud
CHOCOLAT

pour l'offrir aux gens à qui nous

venons en aide ! » dit TASHA.

« 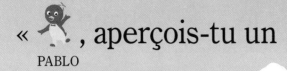 , aperçois-tu un

cambrioleur de   ? »

BOULES DE NEIGE

demande   .

THÉO

« Pas encore », dit .

PABLO

« Aperçois-tu quelqu'un qui a besoin d'aide dans la  ? »

NEIGE

demande TASHA.

« Pas encore », dit .

VICTORIA

« Regarde ! Quelqu'un approche !

dit 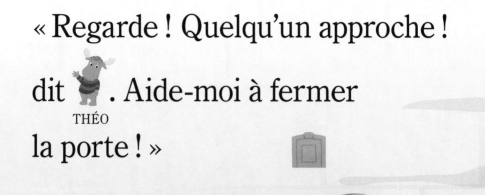. Aide-moi à fermer

THÉO

la porte ! »

« J'ai entendu un appel à l'aide !

dit  TASHA . L'appel provient

du FORT ???! »

« Les patrouilleuses de SKI à la

rescousse ! » dit VICTORIA .

« Allons sur le toit ! dit THÉO.

Nous pourrons mieux voir

de là-haut ! »

« Nous pouvons grimper dans cette  . »

ÉCHELLE

L' 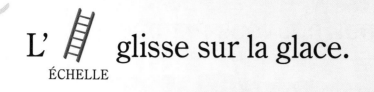 glisse sur la glace.

ÉCHELLE

PABLO et **THÉO** atterrissent sur

la ❄️ **NEIGE** molle.

et dégagent

TASHA   VICTORIA

et de la .

PABLO   THÉO   NEIGE

« Nous vous avons sauvés ! »

dit .

TASHA

« Merci », dit .
PABLO

« Nous avons dû faire fuir les

cambrioleurs de BOULES DE NEIGE »,

dit THÉO.

« Les policiers montés ont accompli leur mission ! »

dit .

THÉO

« Les patrouilleuses de  ont
SKI

accompli leur mission ! »

dit .
TASHA

« Qui veut une collation ?

demande  . Nous

VICTORIA

avons du ☕ chaud ! »

CHOCOLAT